D1943288

„Aaah, eine Amsel!“ rief das ABC-Monster und kletterte auf den Apfelbaum. Heute war A-Tag, und da jagte es nach A-Sachen. Aber die Amsel lachte bloß spöttisch und flog davon. Ärgerlich biß das Monster in einen alten Ast vom Apfelbaum, daß es nur so krachte. Danach sah es sich nach anderen A-Sachen um.

„A. Andersen“ stand am Klingelschild des alten Hauses am Anfang der Straße. Aber so sehr

sich das Monster auch bemühte, es konnte das Schild nicht anknabbern. Da kletterte es an der Dachrinne nach oben.
Im Kinderzimmer der Andersens brannte noch Licht. Neugierig hüpfte das Monster auf die Fensterbank. Auf dem Tisch stand eine Schale mit einer Ananas.
Mhm! Drei A's! Da lief ihm das Wasser im Mund zusammen! Aber leider war das Fenster geschlossen! So mußte sich das Monster mit einem Apfel aus dem Apfelbaum begnügen.

Schneider-Buch

URSEL SCHEFFLER

Das ABC Monster

Illustriert von Jutta Timm

„Bärenhunger habe ich heute!" brummte das Monster am B-Tag und kletterte in die Buche am Baumweg. Dort biß es in Buch-eckern und Buchenblätter. Plötzlich bemerkte es, daß das Fenster bei Andersens ein bißchen offenstand. Rasch kletterte es hinauf und sah hinein. Auf einem Bett mit blaukariertem Bettbezug saß ein Kind mit einem Bilderbuch . . . Auf dem Boden lag ein bunter

Ball, ein Bagger, Bauklötze
und ein kleiner brauner Bär.
„Beste brauchbare B-Sachen!"
brummte das Monster und zwängte
sich durch den Fensterspalt.
Es hüpfte auf den Boden und biß
in den bunten Ball.
„Wer bist du? Und was machst du
da?" rief eine empörte Stimme.
„Ich bin das ABC-Monster, und
heute ist mein B-Tag. Da fresse
ich B-Sachen!" krächzte das Monster
und begann krachend einen blauen
Baustein zu verspeisen.
„Warte, ich hol dir eine Banane",
sagte das Mädchen. „Von dem
Bauklotz kriegst du bloß Bauch-
schmerzen!"

Das Monster biß in die Banane. Es rollte mit den Augen und sah das Mädchen furchterregend an. Das Mädchen lachte.

„Hast du denn keine Angst vor Monstern?“ erkundigte sich das seltsame Wesen überrascht und stopfte sich auch noch die Bananenschale in den Hals.

„Angst? Vor Monstern?
Ich mag Monster!“ sagte das Mädchen. Es hieß Claudia.

Claudia stand am nächsten Abend gespannt am Fenster und wartete. Ob das ABC-Monster wieder kam? Da hüpfte es schon auf die Fensterbank.

„Ch-ch-ch", keuchte es. „Es gibt so wenig C-Sachen, die wirklich gut schmecken."

„Ich hab dir Cola und Cräcker hingestellt. Aber wehe du knabberst meinen Clown an!" sagte Claudia und drohte mit dem Finger.

„Wie heißt du eigentlich?“ erkundigte sich das ABC-Monster plötzlich.
„Das sag ich dir lieber erst morgen!“ antwortete Claudia und lachte.

„Dreimal darfst du raten, worauf ich heute Appetit habe“, sagte das Monster am nächsten Tag.
„Drops, Dosenmilch, Drachenschnur oder Dominosteine?“

„Donnerwetter! Du begreifst aber schnell!“ staunte das Monster und naschte von den Domino-steinen, die ihm Claudia in einer Dose anbot. Als es satt war, rieb es sich den dicken

Bauch und sagte:
„Dideldumdei,
kein Platz mehr frei! –
Jetzt verrate mir deinen Namen!"
„Dreimal darfst du raten!" sagte Claudia.
„Heißt du vielleicht Dora? Oder Dagmar? Oder Daniela?"
Claudia schüttelte den Kopf und sagte: „Falsch geraten. Ich heiße Claudia!"
„Donnerwetter", sagte das Monster und kratzte sich nachdenklich am Kopf. „Hübsch. Aber gestern hätte mir dein Name noch besser geschmeckt!"
„Das kann ich mir denken!" sagte Claudia fröhlich.

3 9504-8

„Eeeeh! Her mit der Ente!" rief das Monster am E-Tag und rannte hinter dem Schnattertier zum Ententeich. Fast hatte es die Ente erreicht – da flog sie davon.

Enttäuscht kletterte das Monster über die Efeuhecke zu Claudias Fenster.
„Du solltest Esel und Elefanten jagen, die können nicht davonfliegen“, sagte Claudia und tröstete das ABC-Monster mit einem Teller Erdbeeren.

„Frische Fische, fünf Feigen und ein Fitzelchen Fahrradschlauch“ wünschte sich das Monster am F-Tag. Dann setzte es sich auf die Fensterbank und fraß und fraß . . .
„F-Tag ist für mich Freß- und Freutag, besonders wenn er an einem Freitag ist, wie heute. Deshalb möchte ich dich zu einem Fest einladen!“ sagte das ABC-Monster. Und dann faßte es Claudia fest an der Hand.

Es führte sie in den Garten, wo in einem Festzelt zwischen den Feuerbohnen fünfundfünfzig große und kleine, dicke und dünne, rote und blaue, grüne und gelbe ABC-Monster saßen und aßen und aßen . . .

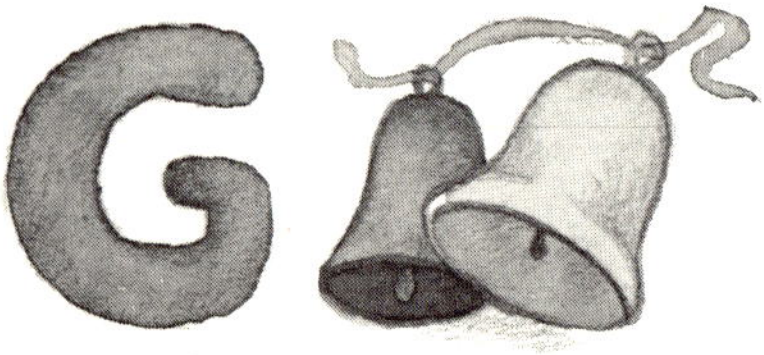

„Gestern war es sehr lustig“, sagte das Monster am G-Tag und weckte Claudia mit einer großen Glocke.
„Ich bin noch müde, laß mich schlafen!“ bat Claudia.
„Das kannst du mir nicht antun!“ sagte das Monster beleidigt.
„Heute ist doch G-Tag, und am G-Tag hab ich immer Geburtstag!“
„Das hab ich nicht gewußt!“ sagte Claudia und sprang aus dem Bett.
„Zum Glück hab ich ein Geschenk für dich!“ Sie gab ihm eine

große Tüte mit gelben und grünen Gummibärchen. Das Monster bedankte sich und stopfte eine Handvoll in den Hals. Dann gingen sie in den Garten. Und während das ABC-Monster von Gurken und Gemüse naschte, pflückte Claudia Gänseblümchen für einen Geburtstagsstrauß.

„Huh! Heute bin ich höllisch müde. Heute bleib ich wirklich zu Hause!" sagte Claudia am H-Tag.

4 9504-8

„Dagegen hilft Holundersaft! Holundersaft ist Muntersaft", behauptete das ABC-Monster und hüpfte, flink wie ein Hase, auf der Bettkante hin und her.
Aber Claudia ließ sich nicht überreden.
„HHHuahhh!" gähnte sie und zog die Bettdecke bis über die Nasenspitze.
„He! Halt! Hör zu!" rief das ABC-Monster. „Ich erzähl dir eine Geschichte. Eine H-Geschichte: ‚Hinter Hugos Hasenhaus hüpfen hundert Hasen raus . . .'"
„Das heißt doch ganz anders!" brummte Claudia, drehte sich um und schlief – hokuspokus – ein.

„Igittigitt! Wie siehst du denn heute aus!"

rief Claudia entsetzt, als das ABC-Monster am I-Tag zum Fenster hereinspazierte.

„Ich hab mich wie ein Igel frisiert, und ich finde das irgendwie niedlich!" kicherte das Monster. „Und wie gefällt dir mein I-Shirt?"

„Das heißt doch T-Shirt!" verbesserte Claudia das Monster.

„Du irrst! Es hat schließlich Punkte. I-Punkte. Und deswegen ist es ein I-Shirt!" erklärte das ABC-Monster gekränkt.

„Juhu! Heute ist J-Tag. Heute gehe ich jagen!“ rief das ABC-Monster am J-Tag.
„Und was willst du jagen?“ erkundigte sich Claudia.
„Einen jungen Jaguar!“ behauptete das ABC-Monster.
Lachend zog Claudia ein Jojo aus ihrer Jackentasche und sagte: „Du kannst es fressen, aber man kann auch damit jonglieren!“
„Juhu, ein Jojo!“ juchzte das Monster und hüpfte wie ein Gummiball auf und ab.

„Komm, Claudia, komm! Heute mußt du mit mir in den Kastanienbaum klettern!" bettelte das ABC-Monster am K-Tag.
„Ich muß meinen Korb mitnehmen", sagte Claudia. „Da ist Kakao und Kuchen drin. Kekse und Kümmelstangen."
Als sie im Kastanienbaum saßen, erschien ein Geist mit glühenden Augen, der schrecklich fauchte. Das Monster erschrak und zitterte vom Kopf bis zu den kleinen Knien.

„Keine Angst!“ rief Claudia. „Das ist doch bloß die Katze aus Kerstins Kohlen-Keller!“

„Langsam, langsam!“ rief Claudia, als sich das ABC-Monster am L-Tag über die Leberwürste, die Lutschbonbons, die Lachpastete und die Lebkuchen hermachte.
„Nicht alles auf einmal. Du verdirbst dir sonst gleich den Magen!“
„La-le-li-lo-lu, das denkst du!“

sang das Monster und mampfte lustig weiter: 2 Lederschuhe, 1 Luftpumpe, 3 alte Lottozettel, 1 Lampion, 7 Lollis und einen lila Lampenschirm.
„Lecker! Lecker!" lachte das Monster zufrieden und verlangte zum Schluß noch einen Löffel Lebertran.
Claudia schüttelte sich und meinte entsetzt: „Jetzt hast du bestimmt deinen Magen ausgeleiert."
„Nein, jetzt fühle ich mich ganz leicht!" behauptete das Monster.
Es blies einen Luftballon auf.
Es zündete das Licht in seiner kleinen Laterne an und schwebte wie ein Luftgeist davon.

5 9504-8

„Magenschmerzen! Bestimmt hat es Magenschmerzen!“ dachte Claudia, als das Monster am nächsten Morgen nicht auftauchte.
Aber da irrte Claudia.
Das ABC-Monster trieb sich auf der Müllhalde herum und jagte zwischen Müll und alten Möbeln mit seiner Mütze nach Motten und Mäusen. Das war seine Lieblings-Monster-Mahlzeit am M-Tag. Und es

war sicher, daß Claudia nichts dergleichen anzubieten hatte. Als es den ganzen Tag nicht mehr auftauchte, meinte Claudia enttäuscht: „Meinetwegen soll es doch bleiben, wo es will. Dann werde ich eben meine Marzipanschokolade alleine essen!"

„Na, da bist du ja wieder!" sagte Claudia, als das Monster am N-Tag auf der Gardinenstange herumturnte. Es war dick und kugelrund.

„Heute hab ich nichts für dich! Nichtmal einen Nagel. Ich wußte nicht, ob du kommst!“ sagte Claudia und rieb sich die Nase.
„Das macht nichts!“ antwortete das Monster. „N-Tag ist Null-Tag. Da gibt es nichts zu essen! Ich bin noch ganz satt von gestern und vorgestern.“
„Nudeldick siehst du aus!“ bestätigte Claudia.
„Na, na, nun übertreib mal nicht!“ sagte das ABC-Monster und zog den Bauch ein. Es erzählte von seinen schaurigen M-Abenteuern. Doch ehe es in die Nacht hinausging, holte Claudia aus ihrem Nachttischchen neun Nüsse.

„Oh, was hast du dir heute Feines ausgedacht!" rief das ABC-Monster überrascht und leckte sich die Lippen. Es hüpfte zu der Schüssel mit dem kleingeschnittenen Obst. „Ooooch, Ananas und Bananen, das kann ich heute leider nicht vertragen", sagte das ABC-Monster enttäuscht.
„Das ist doch OOObstsalat mit vielen Orangen!" rief Claudia.
„Oooooh, Obstsalat! Was für eine hübsche Idee!" sagte das Monster und ließ es sich schmecken.

„Laß Papas Post in Ruhe!“ rief Claudia erschrocken, als das ABC-Monster am P-Tag das Packpapier an einem von Papas Paketen beknabberte.

Das ABC-Monster hopste vom Poststapel und erkundigte sich listig: „Kann ich dann wenigstens Pobstsalat bekommen? Ich hab solchen Appetit!"
„Geschummelt wird nicht", protestierte Claudia. „Außerdem habe ich eine leckere Petersilien-Pastete für dich gebacken."
„Monster vertragen keine Petersilie!" knurrte das ABC-Monster ärgerlich.
„Dann mußt du eben Peters Pumpernickel und Papas Pampelmusen probieren", brummte Claudia.

„Q-Tag ist Quatschtag“, quakte das Monster und machte einen Kopfstand auf der Quetschkommode. „Ich hab mir so etwas Schönes für dich ausgedacht. Das war heute gar nicht so leicht“, sagte Claudia, nachdem das quicklebendige Monster mit seiner Vorführung fertig war.
„Das kann ich mir vorstellen. Am Q-Tag finde ich selten etwas Genießbares! Nun sag schon, was du für mich hast!“ quengelte das ABC-Monster.

6 9504-8

„Quark mit Quittengelee", sagte Claudia.
„Quark mit Quitte, Quark mit Quitte!" quiekte das Monster und hüpfte quietschfidel auf und ab. „Ich fürchtete schon, du würdest mich mit Quallen quälen!"

„Regen, nichts als Regen!" sagte Claudia beim Mittagessen. Sie hatte sich Reis und Rhabarbergrütze gewünscht. Das paßte so gut zum R-Tag.
Als Claudia in ihr Zimmer ging, machte sie ihre Rechenhausaufgaben, und dann deckte sie den runden roten Tisch für das ABC-Monster.
Aber als es kam, krächzte es: „Ich habe schon eine Riesenportion Regenwurmsalat mit Rasenstückchen gegessen. Was ich zum

Nachtisch noch verdrücken könnte, wären allerdings noch ein paar Rostflecken." Rasch leckte es ein paar kleine braune Flecke von Claudias Bettlaken. Dann packte es Claudia, und sie tanzten Ringelreihen mit der Puppe Rosi und einem roten Regenschirm. Es war ein Riesenspaß. Hinterher aßen sie Claudias Reis und die Rhabarbergrütze. War es ein Wunder, daß das Monster danach ein bißchen rülpste?

„Siehst du, da bin ich wieder!" sagte das ABC-Monster am S-Tag. „Und was hast du in dem Sack?" „Sieben Salamis an einem Seil!" sagte das Monster und lachte. „Aber jetzt möchte ich gern mit dir Sackhüpfen und Seiltanzen spielen."

Eine Weile tobten die beiden im Garten herum, bis das Monster stehenblieb und sagte:

„Der S-Tag ist ein gefährlicher Tag. Da darf ich nämlich keine Sachen mit Sch erwischen,

sonst bekomme ich Durchfall, und Wörter mit St bereiten mir Zahnschmerzen.“

„Stock und Stein!"
„Hör auf, hör bloß auf!" rief das Monster und hielt sich die Backe. „Das verdirbt mir den ganzen S-Tag."
„Schweinebraten? Schwarte? Schwebebahn?"
„Hör auf, ich muß mal . . .", rief das Monster und rannte hinaus. Als das Monster erleichtert zurückkam, grinste Claudia und sagte: „Wie findest du Sauerkrauteis mit Semmelknödeln, Senf und süßer Sahne?"
„Köstlich!" rief das Monster.
„Schrecklich!" sagte Claudia und schüttelte sich.

„Tätärätätää! Da bin ich wieder!" rief das Monster und kam mit einer großen Trompete zur Tür herein.

„T-Tag ist Tee-Tag“, sagte Claudia. „Ich habe drei verschiedene Sorten Tee für dich gekocht. Dazu gibt es Teekuchen, Torte und Tannenhonig.“
Das ABC-Monster trank tatsächlich drei Tassen Tee mit Tannenhonig und Traubenzucker. Es fraß Torte und Teekuchen. Zum Schluß verschlang es auch noch die Teekanne, den Teller und den Teelöffel. Dann tanzte es zwischen den Teetassen und spielte auf seiner Trompete das Lied vom türkischen Truthahn Tomtü und dem tüchtigen Tiger Tingo. Tomtütitimtätätätä.

„Unverschämtheit!" schimpfte das ABC-Monster, als es am nächsten Tag um neun Uhr zum Frühstück kam.
„Dieser Uhu hat mich die ganze Nacht nicht schlafen lassen!"
„Warum hast du ihn nicht einfach aufgefressen?" erkundigte sich Claudia lachend.
„Wollt' ich doch", sagte das ABC-Monster zerknirscht. „Aber als ich mich anschlich, ergriff er die Flucht und flog auf die Turmuhr."

„Was geb ich dir bloß zum Frühstück?" grübelte Claudia.
„Ich glaube, ich seh schon was!" rief das Monster und stürzte sich auf Claudias Unterhemd und Unterhose.
„Du bist unmöglich!" rief Claudia entsetzt.
Dann mampfte es noch die Uhr.
„Nun gut, die war sowieso kaputt!" seufzte Claudia und ließ sich auf den nächsten Stuhl fallen.

V

„Verzeihung, daß ich so spät komme. Dafür hab ich dir etwas Schönes mitgebracht!“ sagte das ABC-Monster und überreichte Claudia mit einer kleinen Verbeugung ein Veilchensträußchen.

„Wie nett von dir. Ich dachte, du hättest meinen Geburtstag vielleicht aus Versehen vergessen!“ rief Claudia.

„Ich hab noch ein Geschenk für dich!“ sagte das Monster. Und dann holte es aus seiner vorderen Tasche ein grüngetupftes Vogelei und eine bunte Vogelfeder.

„Weißt du, was ich heute möchte?“ sagte das ABC-Monster am W-Tag. „Heute möchte ich am liebsten Wolken essen!“
„Das geht doch nicht!“ sagte Claudia. „Dazu brauchst du eine Wolkenleiter!“
„Dann werde ich weggehen und mit

meinem Wagen auf Wald- und Wiesenwegen W-Sachen sammeln!"
sagte das Monster würdevoll.
„Ich wünsch dir viel Glück!"
rief Claudia, als das Monster davonwatschelte.
Es war wirklich den ganzen Tag unterwegs und sammelte in seinem Wagen Walderdbeeren, Wicken, Wiesenschaumkraut, Wacholder, Wollgras, einen Wegweiser, Wasserpflanzen, ein Witzbuch, Wurstreste, eine Waschmaschine vom Waldrand und einen weggeworfenen Wetterhahn.
Als es ein Weilchen Rast machte, tanzte eine kleine Wanze auf der Wagendeichsel Walzer.

„X-Tag! Was mach ich bloß am X-Tag?“ grübelte Claudia den ganzen Tag. Und dann hatte sie eine Idee. Sie holte Mutters Kochbuch und mixte einen Teig. Daraus formte sie ein wunderschönes X und schob es in den Ofen.
„Oh, so ein schönes X! Kannst du hexen?“ sagte das Monster und biß fix in das knusprige X.
Claudia spielte dazu ein paar Takte auf dem Xylophon. Das Monster wiegte seinen struppigen Kopf im Takt und sang dazu.

„Y ist ein seltener Buchstabe!
Ich mußte sehr lange suchen!“
sagte Claudia am Y-Tag und gab
dem Monster einen
Becher mit Yoghurt.
Dann machte sie
einen Handstand
und sah selbst
wie ein Y aus.
„Wehe du frißt
mich auf!“
sagte Claudia
zum ABC-Monster
und lachte.

8 9504-8

„Zum Abschied hab ich eine Überraschung für dich!" sagte das ABC-Monster am Z-Tag und gab Claudia ein Päckchen.
„Was heißt zum Abschied? Kommst du morgen nicht wieder?"
„Morgen ist ein Jahr um!" sagte das Monster betrübt.
„Wieso denn? Wir kennen uns doch erst 25 Tage!" protestierte Claudia.

„Das ABC-Monster-Jahr hat 26 Tage", erklärte das Monster. „Deshalb bin ich auch schon 364

Jahre alt und doch nur doppelt so alt wie du!"

„Das kann ich leider so schnell nicht nachrechnen", sagte Claudia.

„Aber warum willst du nicht wiederkommen?"

„Nun, morgen ist wieder A-Tag!" antwortete das Monster.

„Da fängt doch wieder alles von vorne an."

„Na und? Wirst sehen, mir fallen die tollsten A-Sachen ein."

„Sag mal . . .", fragte das Monster zögernd, „kennst du dich auch mit Zahlen aus?"

„Na, klar", antwortete Claudia.

„Ich geh doch schon ein Jahr zur Schule!"

„Dann könnte ich ja meinen Zwillingsbruder, das Zahlen-Monster, mitbringen?“
„O ja, das wird bestimmt lustig“, rief Claudia vergnügt.
„Aber jetzt will ich erst mal sehen, was in dem Päckchen ist!“
„Natürlich etwas mit Z“, sagte das ABC-Monster:

„Es hat Borsten
und ist kein Tier,
es hat einen Stiel
und ist keine Blume.“
„Jetzt weiß ich's!“ rief Claudia.
„Es ist eine Z . . . . !“

Hast du es auch erraten?

CIP-Kurztitelaufnahme der Deutschen Bibliothek

Scheffler, Ursel:
Das ABC-Monster / Ursel Scheffler
- München : F. Schneider, 1987.
Text in Großdr. für jüngste Leser
ISBN 3-505-09504-4

BENJAMIN®

© 1987 by Franz Schneider Verlag GmbH
8000 München 40 - Frankfurter Ring 150
Alle Rechte vorbehalten
Umschlagkonzeption: Heinz Kraxenberger, München
Titelbild/Illustration: Jutta Timm, Hamburg
Herausgeber: Monika Raeithel-Thaler, München
Herstellung: Brigitte Matschl
Satz: A. Huber GmbH & Co. KG, München
Druck: Staudigl-Druck, Donauwörth
ISBN 3 505 09504-4
Bestell-Nr.: 9504

ANNA THALER

Hurra, ich gehe in die 1. Klasse

Anna und Michael kommen in die 1. Klasse. Wie werden wohl die anderen Kinder sein? Ob die Lehrerin nett ist? Was macht man in der ersten Schulstunde?
Einfache Geschichten bereiten Kinder auf die Schulzeit vor. Bildermalen, Zahlen- und Lesespaß reizen zum Mitmachen. Und die vielen bunten Seiten zum Eintragen erinnern an Lehrer und Mitschüler in diesem wichtigen Jahr.

Das Besondere:
Dieses Buch macht Kindern Mut für die Schule und begleitet sie mit Spiel und Spaß durchs erste Schuljah

Schneider-Buch